Mister Gogo
ing Kofi
Pinsel

Julia Boehme

Tafiti
und das große Feuer

Tafitis Welt:

Band 1: Tafiti und die Reise ans Ende der Welt
Band 2: Tafiti und das fliegende Pinselohrschwein
Band 3: Tafiti und das Riesenbaby
Band 4: Tafiti und Ur-ur-ur-ur-ur-uropapas Goldschatz
Band 5: Tafiti und ein heimlicher Held
Band 6: Tafiti und die Affenbande
Band 7: Tafiti und der Honigfrechdachs
Band 8: Tafiti und das große Feuer
Band 9: Tafiti und die doppelte Majestät
Band 10: Tafiti und das verschwundene Geburtstagskind
Band 11: Tafiti und das schlecht gelaunte Nashorn
Band 12: Tafiti und die Löwen-Schule
Band 13: Tafiti und die Savannen-Detektive
Band 14: Tafiti und das Geheimnis der Sterne
Band 15: Tafiti und die Geisterhöhle
Band 16: Tafiti und die Rettung der Gnus
Band 17: Tafiti und der große Zauberer
Band 18: Tafiti und die Expedition zum Halbmondsee
Band 19: Tafiti – Krokodil-Alarm am Wasserloch

Tafiti - Die schönsten Vorlesegeschichten

Bilderbücher:
Das große Tafiti-Wimmelbuch
Tafiti und der geheimnisvolle Kuschelkissendieb
Tafiti – Heute bin ich du!

Meine Freunde (Eintragbuch)
Tafiti – Mein Malbuch
Das große Tafiti-Liederalbum (Lieder-CD)
Tafitis Savannenparty – Lernspiele (App)

Lernen mit Tafiti: Erste Buchstaben
Lernen mit Tafiti: Zahlen von 1 bis 10
Lernen mit Tafiti: Rechnen von 1 bis 20
Lernen mit Tafiti: Erstes Schreiben

www.TafitisWelt.de

Julia Boehme

Tafiti

und das große Feuer

Band 8

Illustriert von Julia Ginsbach

Loewe

Für Thao

J.B.

FSC
www.fsc.org
MIX
Papier aus verantwortungsvollen Quellen
FSC® C015559

Klimaneutral
Druckprodukt
ClimatePartner.com/18521-2202-1001

ISBN 978-3-7855-8269-5
2. Auflage 2023

Umschlag- und Innenillustrationen: Julia Ginsbach
Umschlaggestaltung: Michael Dietrich
Printed in the EU

www.TafitisWelt.de
www.loewe-verlag.de

Inhalt

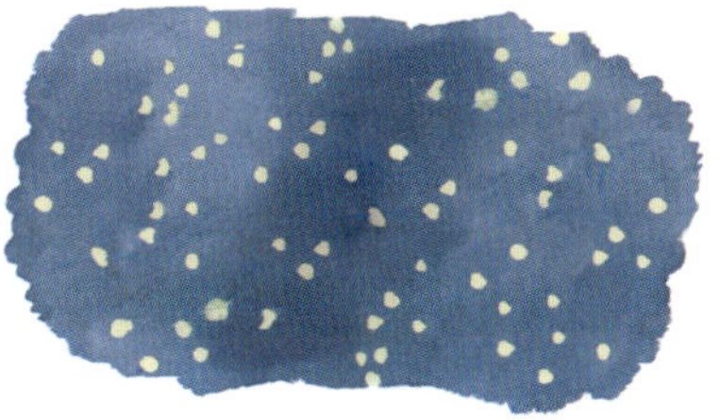

Feuerroter Himmel

Tafiti taucht die Gießkanne in das schmale Rinnsal. Denn viel ist nicht übrig vom kleinen Bach, der in der Nähe der Erdmännchenhöhle vorbeifließt. „Es wird Zeit, dass es regnet“, murmelt er.

„Stimmt“, grunzt sein Freund Pinsel. „Aber für Omamas Gemüse sind wir jetzt die Regenwolken.“

Gemeinsam schleppen sie die vollen Kannen zum Garten hinüber und lassen das Wasser auf Kürbisse, Süßkartoffeln und Karotten prasseln.

„Wenn es so trocken ist, wird es gefährlich“, meint Opapa beim Mittagessen. „Ein einzelner Tautropfen kann die ganze Savanne zum Brennen bringen.“

„Ein Tautropfen?“ Tafiti lacht. „Wasser löscht doch das Feuer ...“

Aber Opapa erklärt es ihnen. „Der Tropfen bündelt wie eine Lupe die Sonnenstrahlen und dann ...“

Opapa hält seine Brille in einen Lichtstrahl, der durchs Eingangsloch fällt. Und wirklich: Das Licht wird zu einem kleinen, weißen, heißen Punkt, der im Nu Opapas Zeitung ankokelt. Opapa schmeißt die brennende Seite auf den Boden und trampelt darauf herum. „Das dürre Savannengras fängt genauso schnell Feuer!“, ruft er dabei.

„Das war jetzt nötig, ja?“, schimpft Omama. „Du fackelst uns noch die ganze Wohnung ab!“

„Ich wollte bloß zeigen, wie fix das gehen kann“, grummelt Opapa.

Tutus Schnurrhaare zittern. „Was, wenn es wirklich einen Buschbrand gibt?“

„Mach dir mal keine Sorgen“, winkt Omama ab. „Bald kommt der große Regen, da hat Feuer keine Chance.“

Opapa rückt seine Brille zurecht. „Es sieht aber nicht gerade danach aus!“

„Egal, ich spüre das", erklärt Omama. „Meine Schwanzspitze juckt immer ein paar Tage zuvor."

„Ich hoffe, es ist nicht nur ein Mückenstich", brummelt Opapa.

„Das kann ich sehr wohl unterscheiden", sagt Omama bestimmt und räumt laut klappernd die Teller ab.

Obwohl Tafiti und Pinsel sonst nichts in der Höhle hält, bleiben sie heute drinnen, unter der Erde. Denn draußen ist es schrecklich heiß. Heißer als es sowieso schon ist, mitten in Afrika.

Erst als die Sonne fast den Horizont erreicht und es ein bisschen kühler wird, schlüpfen die beiden nach draußen.

Pinsel hat seine Malsachen dabei.

„Nichts ist schöner als ein Sonnenuntergang“, schwärmt er und tunkt seine Pinselohren in die Farbe.

Als sein Bild fertig ist, hat sich am Horizont das Purpurrot in ein fast schwarzes Violett gewandelt. Tafiti und Pinsel bleiben noch ein wenig draußen und schauen den Sternen beim Aufwachen zu. Dann drehen sie sich um, um zur Höhle zurückzugehen. Erstaunt bleiben sie stehen.

„Das gibt's doch gar nicht!", ruft Tafiti verblüfft. „Geht die Sonne denn schon wieder auf?"

Aufgeregt zeigt er nach Osten. Tatsächlich: Da schimmert es rotorange wie früh am Morgen. Dabei hat die Nacht gerade erst begonnen!

Pinsel bleibt vor Staunen die Schnauze offen stehen. „Verstehe ich nicht", grunzt er. Er blickt sich nach Westen um, wo eben die Sonne verschwunden ist. „Die kann doch nicht so schnell einmal um die ganze Erde rum?"

Tafiti nickt. Da stimmt was nicht!

Schnell holen sie Omama und Opapa aus der Höhle. Vielleicht haben die eine Erklärung.

Opapa wird blass. „Wenn es das ist, für das ich es halte, dann …"

„Für was hältst du es denn?“, fragt Tafiti gespannt.

„Für ein Feuer“, sagt Opapa langsam. „Ein Buschfeuer!“

Tafiti und Pinsel wird flau. So schön der rote Himmel auch aussieht: Ein Buschfeuer ist brandgefährlich! Das trockene Gras der Savanne steht im Nu in Flammen. Und das Feuer lässt alles brennen, was sich ihm in den Weg stellt: Es verschlingt Büsche und Bäume. Hungrig wandert es über die Savanne und lässt nichts als verbrannte Erde zurück.

„Oje, oje, oje“, jammert Omama. „Packt eure Sachen. Wenn es noch näher kommt, müssen wir fliehen!“

„Es wird wohl noch dauern, bis es hier ist, aber tut, was Omama sagt“, meint Opapa. „Wir sollten vorbereitet sein. Und nehmt nur das Nötigste mit!“

Feueralarm

„Ihr solltet ein bisschen schlafen“, meint Opapa. „Ich halte solange Wache.“

„Das kann ich doch machen!“, ruft Tafiti. „Ich kann jetzt sowieso nicht schlafen. Und überhaupt, wir sollten die anderen warnen!“

„Ja, ich helfe dir!“, ruft Pinsel sofort.

„Dabei sollten wir alle helfen“, meint Omama.

Sie nimmt den schlafenden Baba in ein Tuch, und dann ziehen sie los: Tutu, Opapa, Omama, Pinsel und Tafiti. Und überall klopfen, rufen und klingeln sie bei den Nachbarn.

„Was ist denn los?“ Verschlafen reiben die sich die Augen.

„Wir haben einen Buschbrand“, erklärt Opapa jedes Mal. „Noch ist er ziemlich weit weg. Aber spätestens bei Sonnenaufgang müssen wir fliehen!“

Omama rollt eine Träne über die Wange. Die Kuchenbackform hat sie schon eingepackt. Aber was ist mit ihrer Küche? Was mit dem Garten?

„Alles wird verbrennen“, seufzt sie. „Eine Katastrophe!“

„Kann man denn gar nichts tun?“, fragt Pinsel.

„Ja“, ruft Tafiti, „kann man das Feuer nicht irgendwie aufhalten?“

Opapa schüttelt den Kopf. „Das geht leider nicht. Jedes Jahr zieht es durch die Savanne. Bis jetzt hatten wir Glück und es kam nie bis hierher. Aber diesmal …“ Opapa schaut zum Feuer, das in der Schwärze der Nacht noch stärker und bedrohlicher lodert als zuvor. „Wir können nur hoffen, dass Omama recht hat und es bald regnet“, murmelt er. „Sehr bald!“

„Aber wir können doch nicht bloß zusehen, wie das Feuer unser Land auffrisst“, beharrt Tafiti. „Wir müssen was tun!“

„Was sollen wir denn machen?“, meint Omama. „Das Feuer ist so gewaltig und wir so winzig klein.“

Pinsel schaut über die mondbeschienene Savanne.

„Was ist mit all den anderen?“, fragt er schnaufend. „Wer warnt die? Wir brauchen unbedingt Verstärkung!“

„Die Affenbande", fällt Tafiti ein. „Die hilft uns bestimmt!"

Von ihren Bäumen haben Chifu und seine Gang das Feuer längst entdeckt. Schnatternd flitzen sie alle durcheinander, von Ast zu Ast, um Hab und Gut einzupacken.

„Chifu, ihr müsst uns helfen, die anderen Tiere zu warnen!", ruft Tafiti.

„Alle warnen? Okey-dokey, machen wir", meint er und richtet sich auf. „Holt die Trommeln raus!", brüllt er.

Schon ein paar Minuten später hallen die Buschtrommeln über die Savanne, sodass es meilenweit zu hören ist:

FEU-ER-A-LARM!
ACH-TUNG:
FEU-ER-A-LARM!
FEU-ER-A-LARM!

Jetzt wissen wirklich alle Bescheid.

„Gefahr!“, quiekt Tutu plötzlich und stößt einen schrillen Pfiff aus. Denn eine Gruppe Geparden rast direkt auf sie zu.

Die Affen sind blitzschnell auf den Bäumen verschwunden. Und haben die Erdmännchen fix mit hochgezogen. Nur Pinsel ist zu schwer. Und klettern kann er nicht. Ängstlich duckt er sich ins Gras. Doch die Geparde beachten ihn gar nicht und stürmen blind an ihm vorbei.

„Die haben mich überhaupt nicht gesehen!" Pinsel atmet auf.

Zu früh allerdings. Denn im nächsten Augenblick schlägt Tutu gleich wieder Alarm: Mr Gogo taucht am Himmel auf. Aber statt sich wie sonst auf sie zu stürzen, fliegt der Adler einfach weiter.

„Kommt“, sagt Omama leise. „Lasst uns jetzt lieber nach Hause gehen.“

Tafiti und seine Familie sind fast zu Hause, da hören sie Hufgetrappel. Es sind Fred und die anderen Steppenzebras. Und Gina, die Giraffe, ist auch dabei.

„Ich bin so müde“, gähnt sie.

Kein Wunder, es ist schließlich mitten in der Nacht.

„Wenn ihr wollt, könnt ihr euch ein bisschen bei uns ausruhen“, bietet Tafiti an.

„Ja, und sobald es hell wird, können wir gemeinsam weiterziehen“, schlägt Opapa vor.

Nach und nach kommen immer mehr: Nolo und seine Straußenfamilie, schwarz-weiße Oryx-Antilopen, Mama Matemba mit ihrer Elefantenherde, kleine

Mäuse und Springhasen, ein paar Pelikane, Norbert Nashorn, Chifu und die Affenbande, die beiden Stachelschweine Pix und Pax und viele mehr.

Natürlich bekommen die Gäste auch etwas zu essen. Tafiti und Pinsel bugsieren den großen Tisch nach draußen und ernten im Garten, was es zu ernten gibt. Omama und Tutu zaubern daraus für alle ein großes Büfett.

Huckepack

„Nicht drängeln, jeder kriegt was“, grunzt Pinsel, der an alle Wasser austeilt. Kleine Fingerhüte voll für die Mäuse und riesige Eimer für die alte Matemba und ihre Elefantenherde.

Nachdenklich wackelt er mit den Ohren. „Es gibt ja auch Tiere, die nicht so schnell zu Fuß

sind. Wie Schnecken und Schildkröten. Was wird bloß aus denen?“

Tafiti schaut ihn groß an. „Daran habe ich gar nicht gedacht!“, ruft er und guckt sich um. „Alle, die schnelle Beine haben, machen sich fertig zur großen Hilfsaktion: Wir müssen die langsamen Tiere retten.“

„Heißt das, wir müssen noch mal zurück?“, fragt Fred und klappert nervös mit den Hufen.

„Genau das“, meint Tafiti.

„Was?“, rufen die meisten entsetzt. Sie sind froh, dass sie es bis hierher geschafft haben. „Niemals!“

„Nicht einer?“, fragt Tafiti.

Keiner rührt sich.

„Los, Pinsel, dann gehen wir eben allein!“

Entschlossen läuft Tafiti los. Und Pinsel ist wie immer an seiner Seite. So ziehen sie tapfer dem Feuer entgegen.

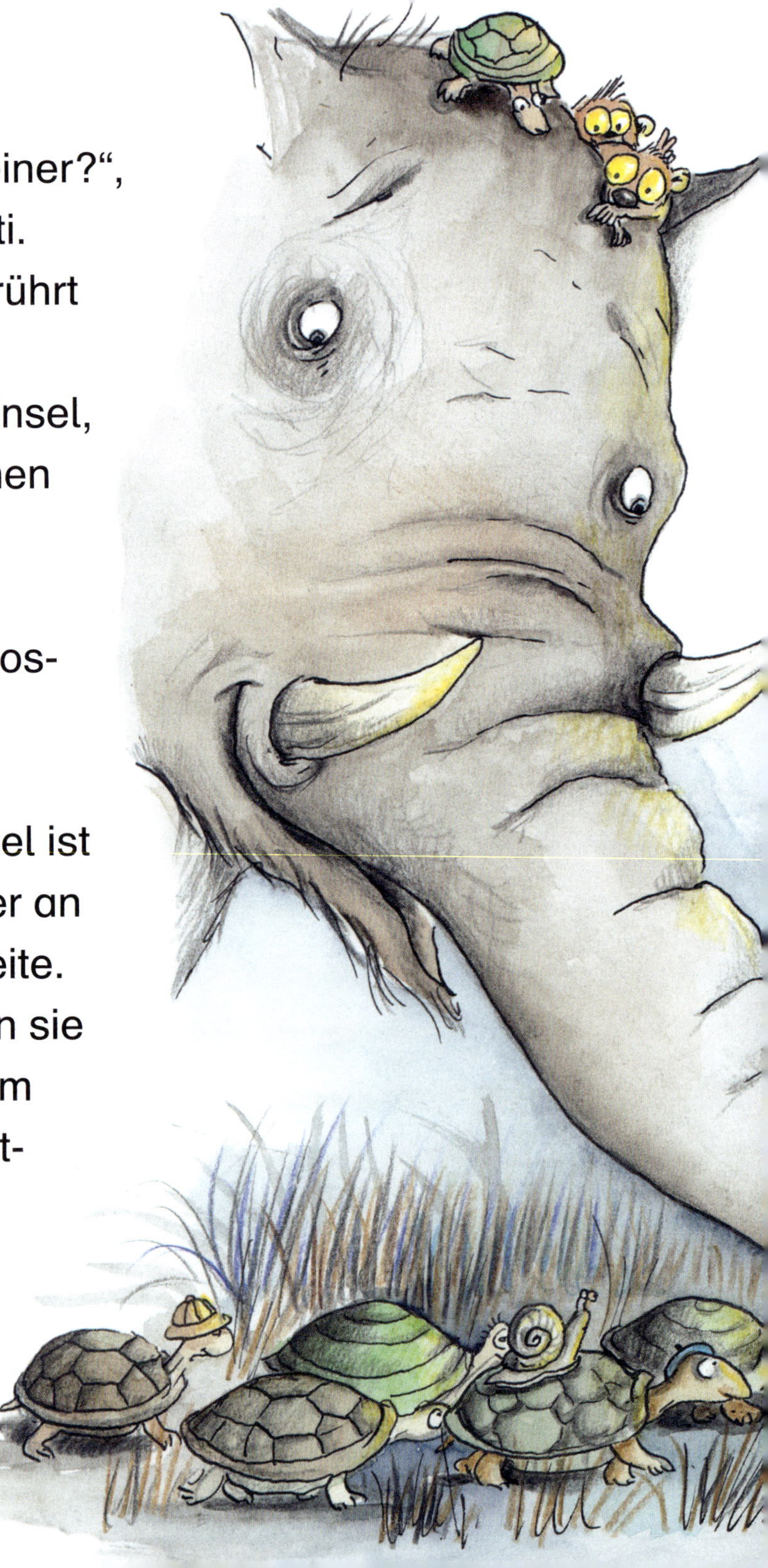

Für einen Moment ist alles ganz still. Doch dann hebt die alte Matemba ihren Rüssel.

„Wir kommen natürlich mit“, schmettert sie los. „In Notzeiten müssen wir alle zusammenhalten!“ Schon stapft sie los und ihr Elefantentrupp folgt im Gleichmarsch.

„Ich komm auch“, schließt sich Nolo an.

Auf einmal will keiner mehr nutzlos herumsitzen. Jeder, der einigermaßen flink ist, läuft hinterher und hält Ausschau nach Hilfesuchenden. Und die gibt es: Nicht nur Schildkröten und Schnecken, sondern auch langsame Loris und Chamäleons werden huckepack genommen und vor den lodernden Flammen gerettet.

Gerade steigen bei Pinsel noch ein paar Krebse auf den Rücken.

„Danke“, schnarren sie. „Es hätte nicht lang gedauert und das Feuer hätte uns eingeholt!“

„Keine Ursache“, grunzt Pinsel bescheiden.

Tafiti spitzt die Ohren.

„*f*Zu Hilfe! *f*So helft mir doch! HILFE!“, brüllt es.

Tafiti und Pinsel schauen sich an. Die Stimme kennen sie nur zu gut.

„King Kofi?“, quiekt Pinsel überrascht. „Er scheint auch in Gefahr zu sein.“

Das Dumme ist bloß, dass King Kofi selbst nicht ungefährlich ist. Denn auf Erdmännchensteak und Schweinebraten hat Seine hochwohlgeborene Löwenmajestät immer Appetit.

Die Krebse klappern ängstlich mit den Scheren. „Lasst uns zusehen, dass wir hier wegkommen!“

„Wir müssen wenigstens gucken, was da los ist“, meint Tafiti und läuft voraus.

„HILFE!“, brüllt King Kofi. „*f*ZU HIIIILFE!“

Vorsichtig schleichen sich Tafiti und Pinsel an den Löwen heran. Und der sitzt wirklich in der Falle: Mit seiner langen Mähne ist er in dichtem Dornengestrüpp hängen geblieben.

„Mi*f*st!“, flucht er und versucht sich zu befreien. Doch je wilder er es versucht, desto mehr verheddert er sich. Er kann sich kaum mehr bewegen.

„Aut*f*sch, *f*so ein *f*Scheibenklei*f*ster!“, jault er.

Das Feuer knackt und knistert und kommt immer näher.

„Hallo, Eure Majestät!“, ruft Tafiti laut.

King Kofi atmet auf. „Endlich ein paar Untertanen“, knurrt er. „Ihr helft mir, und *f*zwar *f*sofort! Ich befehle e*f*s!“

Pinsel und Tafiti schauen sich an. King Kofi hat ihnen schon oft nach dem Leben getrachtet. Und nun will er, dass sie seins retten? Echt komisch!

„Und was, wenn wir Ihnen nicht helfen?“ Pinsel legt den Kopf schief.

„Dann werde ich euch fre*f*ssen“, droht King Kofi.

„So?“ Tafiti grinst. „Das können Sie aber gar nicht mehr, wenn wir Sie schmoren lassen.“

„Niemals mehr“, stellt Pinsel klar. „Und wir wären für immer sicher!“

„Wie? Wa*f*s?“ King Kofi wird blass. „Ihr könnt doch nicht …“

„Nichts leichter als das!“, grunzt Pinsel vergnügt.

„Dafs ifst ja die Höhe!“, brüllt seine Majestät. „Ihr tut, wafs ich euch fsage. fZack, fzack!“

„Keine Lust.“ Tafiti gähnt.

Pinsel nickt. „Und auf Befehl tun wir erst recht nichts.“

Das Feuer kommt näher und näher.

„Wafs wollt ihr von mir? Ich mach allefs, wafs ihr wollt“, wimmert King Kofi ängstlich. Langsam scheint er zu verstehen.

„Okay“, meint Tafiti. „Als Erstes müssen Sie uns höflich bitten.“

„Holt mich endlich rau*f*s, mir wird *f*schon gan*f*z hei*f*ß!“, blafft der Löwe.

„Wie heißt das Zauberwort?“, erkundigt sich Pinsel.

King Kofi starrt ihn entgeistert an. „Abrakadabra?“

Tafiti und Pinsel prusten los. „Wie wär’s mit: bitte?“

„Bitte?“ King Kofi schluckt. Es ist ein Wort, das er sonst nie benutzt. Ein Wort, das eines Königs nicht würdig ist. Aber was soll er machen? Seine Schwanzspitze glüht fast.

„Bitte“, nuschelt er. „Bitte helft mir. Bitte, bitte, bitte!“

„Naaaaa gut“, sagt Tafiti und zwinkert Pinsel zu. Sie hätten ihm so oder so geholfen. Denn Pfote aufs Herz: Pinsel und er hätten nicht mal King Kofi den Flammen überlassen.

„Aber dann helfen Sie uns auch“, stellt er klar. „Abgemacht?“

„Ich euch helfen?“, nölt King Kofi.

„Ja, wer sonst?“, sagt Pinsel. „Und Sie werden auch niemanden fressen. Versprochen?“

„Ver*f*sprochen“, lispelt der Löwe missmutig. Hat er eine Wahl?

Pinsel und Tafiti klettern zu King Kofi hinüber und versuchen, die Mähne irgendwie freizukriegen. Doch es ist hoffnungslos.

„*f*Schneller“, fleht King Kofi. „Macht *f*schon! Oder ich werde gebraten!“

„Da hilft nur eins“, meint Pinsel und dreht sich zu den Krebsen um. „Ich glaube, ihr müsst mal ran!“

„Klar doch!“ Die Krebse klappern mit den Scheren und schnippeln los.

„NEIN! Meine Mähne! Meine *f*schöne Mähne“, heult King Kofi.

„Wir können auch aufhören“, bieten die Krebse an.

„Nein“, jault King Kofi. Denn es wird langsam unerträglich heiß. „Macht weiter, wa*f*s *f*soll’*f*s!“

„Geschafft!“, rufen die Krebse kurz darauf.

King Kofi ist frei. Mit einer neuen Kurzhaarfrisur freilich …

„Nicht*f*s wie weg!“, brüllt er und will sich aus dem Staub machen.

Aber Pinsel hält ihn flugs am Schwanz fest.

„Wie? Sie wollen nicht helfen?“, fragt er und kommt richtig in Fahrt. „Wir haben eine Abmachung: Wir haben Ihnen geholfen, und jetzt helfen Sie uns.“

„Also los!“ Tafiti schaut King Kofi scharf an. „Wir haben keine Zeit zu verlieren. Es gibt noch andere, die unsere Hilfe brauchen.“

„Okay, will mal nicht *f*so *f*sein“, brummelt Seine Majestät und folgt den beiden Freunden zähneknirschend.

Schlimmer geht's immer

„Nun macht schon, schnell, schnell!“ Eilig schiebt Mama Warzenschwein ihre Kleinen mit der Schnauze vor sich her.

„Kann niiich mehr“, quiekt das eine.

„Füße aua“, quengelt das andere.

„Aber ihr müsst! Das Feuer kommt, da können wir keine Pause machen“, schnauft Mama Warzina.

„Buhuhuuuuu“, jault der kleine Warzan.

„Quiiiiek“, jammert Warzinella.

„Los, weiter“, fleht die Mama.

„Wartet, wir helfen euch!“, ruft Tafiti von Weitem.

Warzina übersieht ihn glatt. Sie hat nur Augen für die Löwenmajestät.

„WAS? KING KOFI?“ Mama Warzina senkt den Kopf, scharrt mit den Hufen und holt Schwung.

„ATTACKE!“, schnaubt sie und rast los.

„HAAAAALT!“, grunzt Pinsel und stellt sich ihr mutig in den Weg. „King Kofi wird niemand fressen. Er hilft uns!“

„Pah“, grunzt Warzina. „Wer’s glaubt, wird selig.“

„Doch, wirklich“, verspricht Tafiti und versetzt King Kofi einen Stoß. „Nun sagen Sie schon!“

„Ja, heute bin ich au*f*snahm*f*swei*f*se auf Diät“, grummelt Seine Majestät.

„Die Kleinen können bei ihm aufsteigen. Wir bringen euch in Sicherheit“, erklärt Tafiti.

„Bei MIR auf*f*steigen?“, fragt der König verdutzt.

„Bei wem denn sonst?“ Pinsel hievt die beiden Kleinen auf King Kofis Rücken.

„Wenn das mal gut geht“, grunzt Warzina und weicht ihren Kleinen nicht von der Seite.

„*f*Stinkende, kleine War*f*zen*f*schweine?“, jammert der König der Savanne. „*f*Schlimmer kann e*f*s ja wohl nicht mehr kommen.“

Doch es kann …

„*f*Sapperlot!“ Seine Majestät bleibt abrupt stehen. „Mein Fell i*f*st na*f*ss!“ Wütend dreht

sich King Kofi zu den Schweine-babys um. „Wer war da*f*s?“ Die Kleinen rutschen auf seinem Rücken noch enger zusammen.

„Runter mit euch – und *f*zwar alle beide!“, herrscht er sie an.

„Aber Majestät, das können Sie nicht machen. Das sind Babys“, erklärt Tafiti erschrocken. „Und wenn Sie sie nicht retten, sind sie verloren!“

„Quiiiiiiiiiiiiiiiiek“, fiepsen die Kleinen jämmerlich.

King Kofi beißt die Zähne zusammen. „Können die*f*se *f*Schweine keine Windeln tragen?“, knurrt er. „Angepie*f*selt haben die mich. War*f*zen-

*f*schweinpipi! Erbärmlicher kann man als Löwe nicht *f*stinken."

Wenn sich King Kofi da mal nicht täuscht …

„Hilfe, zu Hilfe!", tönt es plötzlich.

Tafiti schaut sich um. „Das kommt von dort!", ruft er.

„Ohne mich", brummt King Kofi. „Eine gute Tat reicht, ba*f*sta!"

Tafitis Augen blitzen. „Es gibt Tage, an denen reicht eine gute Tat nicht", wettert er. „Da braucht jemand unsere Hilfe, und da helfen wir. Punkt. Aus. Und Sie, Majestät, kommen mit!"

„*f*So *f*spricht man nicht mit mir", nölt King Kofi. Aber schließlich trabt er Tafiti und Pinsel doch hinterher.

„HILFE! Warum hilft mir denn keiner?“ Zora Zorilla schleppt nacheinander ihre Kleinen aus dem Bau. Sie kann immer nur eines auf einmal tragen. Wie soll sie die drei bloß alleine vor dem Feuer retten?

„Wir kommen!“, ruft Pinsel und läuft mit Tafiti, Warzina und dem Löwen auf sie zu.

Zora wird blass vor Schreck. „King Kofi?“, faucht sie.

„Ja und?“, knurrt King Kofi.

„Du kriegst meine Jungen nicht!“, kreischt Mama Zora.

Schon hebt sie ihren Schwanz.

„NICHT!“, rufen Tafiti und Pinsel.

Doch zu spät: Denn

pisssssssssssssssst trifft Mama Zoras Duftstrahl den König mitten auf die Nase.

„WUUUAAAAAAAHAAAAAA!“, brüllt King Kofi. „Pfui Teufel!“

„Wir wollen dir helfen, wir alle drei“, erklärt Tafiti.

„King Kofi auch?“ Mama Zora hat sich schützend vor ihre Jungen gestellt. Bereit, gleich den nächsten Duftspritzer abzufeuern. Um nicht zu sagen, Miefspritzer, denn nichts stinkt in Afrikas Savanne grässlicher als Zorilladuft!

„Ja, King Kofi auch. Auf seinem Rücken ist noch Platz“, grunzt Pinsel. „Bitte einmal hinlegen, Majestät!“

„Uiuiui, *f*stinkt da*f*s“, jammert King Kofi, während er sich gehorsam auf den Boden kauert. „Der Ge*f*stank verdirbt einem völlig den Appetit.“

„Sie sind heute eh auf Diät“, stellt Tafiti klar, während die Zorillakinder, eins nach dem anderen, auf Kofis Rücken klettern. Gerade rechtzeitig. Denn das Feuer ist bedrohlich nah.

„Jetzt ab nach Hause!“, ruft Tafiti.

So schnell sie können, laufen sie zur Erdmännchenhöhle zurück.

Einfach zu viele

Omama hat Milch und Pudding für die Kleinen. So gerne Pinsel auch davon genascht hätte, er und Tafiti laufen gleich wieder los, um Leben zu retten. Und King Kofi muss natürlich mit.

Am Ende der Nacht ist es rund um die Erdmännchenhöhle voll geworden. Lauter Tiere: Groß, Klein, Freund und Feind stehen, sitzen, liegen, lümmeln friedlich nebeneinander und ruhen sich von ihrer Flucht aus.

Doch sobald es dämmert, ist es Zeit weiterzuziehen. Inzwischen ist das Feuer dicht herangerückt.

„Wir sollten uns auf den Weg machen“, mahnt Opapa beim ersten Sonnenstrahl.

Und die alte Matemba trompetet zum Aufbruch.

Wie selbstverständlich nehmen die Großen die Kleinen huckepack. So ziehen sie los.

Tafiti, Pinsel, Omama, Opapa, Tutu und selbst Baba schauen sich ein letztes Mal um. Ob sie ihre Höhle je wiedersehen?

Omama wischt sich über die Augen. Es ist keine Zeit für Tränen.

Sie sind erst wenige Schritte unterwegs, da kommen sie an der Weberkolonie vorbei. Einen riesigen Affenbrotbaum haben die Vögel über und über mit Nestern behängt.

„Das Feuer kommt, fliegt fort! Schnell!“, ruft Tafiti den Webern zu.

„Wir können nicht weg“, piepsen sie kläglich.

Tafiti legt den Kopf in den Nacken und schaut zu ihnen hinauf. „Wieso nicht?“

„Unsere Nester“, zwitschern sie und flattern aufgeregt um Tafiti herum. „Sie werden alle verbrennen!“

„Ich weiß“, sagt Tafiti. „Wir werden alle unser Zuhause verlieren.“

„Aber unsere Babys!“, schilpen die Weber. „Unsere Kleinen sind gerade erst geschlüpft. Sie können noch nicht fliegen. Wie sollen wir da fliehen? Wir können sie doch nicht zurücklassen!“

„Au Backe!“, schnauft Pinsel.

„Wir tragen sie einfach“, sagt Omama. „Jeder nimmt ein paar!“

Opapa schüttelt den Kopf. „Schau, wie viele Nester das sind – Hunderte, Tausende! Wir haben keine Zeit, alle zu retten. Es sind einfach zu viele.“

„Aber wir müssen was tun!“, ruft Tafiti.

„Geht nur weiter“, piepen die Weber. „Wir bleiben bei unseren Babys.“

Die anderen schauen sich betreten an.

„Lasst uns wenigstens retten, was zu retten ist“, schnauft Pinsel. „Chifu, ist das nicht was für euch?“, fragt er den Affenboss.

„Klar doch!“, meint der.

„Ich helf euch“, schlägt Gina vor. „Ich bin die beste Feuerleiter der Welt!“

„Und die einzige mit Brille“, lacht Tutu.

Schon turnen die Affen am langen Giraffenhals empor, um die ersten Küken zu retten. Aber Opapa hat recht. Um alle zu holen, bleibt keine Zeit!

„Das Einzige, was wir machen können“, murmelt Tafiti nachdenklich, „ist, das Feuer zu stoppen.“

„Aber wie denn?“, poltert Norbert los.

„Das Feuer lässt sich nicht aufhalten“, brummt Opapa. „Das hab ich dir doch schon mal gesagt!“

„Aber wenn alle helfen, klappt es vielleicht“, beharrt Tafiti. „Wir sollten es versuchen.“

„Damit wir *f*selb*f*st verbrennen?“, brüllt King Kofi. „Nein, danke *f*schön!

Auch andere schauen sich hektisch um. „Genug geredet!“, rufen die Antilopen nervös. „Lasst uns endlich weitergehen.“

„Und die Babys?“, fragt Tafiti. „Ihr würdet eure Kinder doch auch nicht zurücklassen, oder?“

„Ich?“, faucht Zora. „Nie!“

„Ich auch nicht!“, schnaubt Warzina.

„Na, also. Und die Weberbabys retten wir auch“, meint Tafiti.

„Wie willst du das anstellen?“ Pinsel wackelt mit den Ohren.

„Das Feuer frisst Gras und Holz. Aber die Erde brennt nicht“, sagt Tafiti.

„Ja und?“, trötet Matemba ungeduldig. Sie will ihre Herde endlich in Sicherheit bringen. Das ist ihr Job!

„Das heißt, wenn um den Weberbaum kein Gras mehr wächst und wir alle Bäume und Büsche ringsum ausreißen, dann können sie überleben!“

„*f*Sonst noch wa*f*s?“, schnaubt King Kofi.

„Bist du verrückt geworden?“, fragt Opapa.

Doch die alte Matemba hebt den Rüssel. „Einverstanden“, trompetet sie. „Die paar Büsche und Bäumchen hier haben wir eins, zwei, drei herausgerissen.“

„Und was ist mit dem Gras?“, fragt Omama besorgt. „Das brennt doch auch!“

„Das reißen wir aus“, grunzt Pinsel.

Opapa schnappt nach Luft. „Wenn das nur ginge!“

„Es geht, wenn alle helfen“, beharrt Tafiti.

„Ich könnte ein bisschen pflügen“, bietet Norbert an. „Wozu habe ich mein Horn?“

„Und wir könnten ordentlich trampeln“, schlägt Fred vor. „Wo wir steppen, da wächst kein Halm mehr.“

„Lasst uns zum Bach hinuntergehen und dort anfangen!“, ruft Omama entschlossen. „Dann ist unsere Höhle gleich mit gerettet. Das ist auch euer Zuhause“, verspricht sie den anderen. „Denn wer will, kann bei uns bleiben!“

Das lassen sich die Tiere nicht zweimal sagen.

Die alte Matemba marschiert los und reißt mit ihrem Trupp Büsche und Bäume aus. Es sieht aus, als zupften sie Unkraut.

Gina und die Affen retten währenddessen unermüdlich die Vogelbabys. Zur Sicherheit, falls es mit der Feuerschneise nicht klappt. Pinsel hat Omamas Schubkarre mit altem Gras ausgepolstert. Und dort hinein werden die Küken gesetzt. So flink die Affen sind – die meisten Nester sind noch voll. Es ist gar nicht daran zu denken, was passiert, wenn Tafiti und seine Freunde das Feuer nicht aufhalten können.

Doch alle geben ihr Bestes: Norbert pflügt mit gesenktem Kopf die Erde. Die Antilopen nehmen dazu ihre langen Hörner. Und selbst King Kofi ist sich nicht zu schade: Seine Krallen sind prima Harken. Jetzt ist es für die anderen ein Klacks, das entwurzelte Gras aufzusammeln.

Fred und seine Freunde besorgen den Rest. Denn wo sie stampfen, steppen, springen und trampeln, bleibt wirklich nur staubige Erde übrig.

Sie sind keine Sekunde zu früh. Schon erreicht das Feuer das andere Ufer. Alle spüren die Hitze, hören das Zischen und das gefährliche, unersättliche Knistern und Knacken.

Die Pelikane fliegen zum Großen Wasserloch. Was heißt hier groß? Bei der Hitze der letzten Wochen ist es merklich zusammengeschrumpft. Dennoch: Kehlsack um Kehlsack bringen die Pelikane Wasser heran und schütten es über den Flammen aus. Es zischt und dampft. Aber das Feuer lässt sich davon nicht unterkriegen.

„Kommt mit!“, trompetet Matemba ihrer Herde zu und verschwindet ebenfalls in Richtung Wasserloch.

Das Feuer züngelt und will weiterwandern. Das Rinnsal zu überspringen, wäre nicht schwer, wenn dort nur etwas trockenes Gras oder Laub wäre. Doch am anderen Ufer ist nur kahle, tote Erde. Nichts, was brennt. Nichts, was den Hunger der Flammen stillt und sie nährt.

„Es klappt“, schnauft Pinsel. „Das Feuer kommt nicht weiter!“

Tafiti nickt. Trotzdem ist ihm die Feuerwand nicht geheuer. Was, wenn Wind aufkommt und sie weitertreibt?

Der Boden bebt: Die Elefanten kommen zurück. Mit dicken, tropfnassen Rüsseln.

Geordnet stellen sie sich in einer Reihe auf. Und bilden eine Front gegen das Feuer. Matemba gibt ein Zeichen, und schon spritzen alle los – wie Feuerwehrmänner mit dem Wasserschlauch.

Es zischt gewaltig. Und wirklich, Matembas Nasenladung löscht einen lodernden Baumstamm auf der anderen Seite.

„Wow, super! Gleich noch mal!“, jubelt Tafiti.

Nun kommen alle Tiere mit. Beladen mit Töpfen, Eimern und Schüsseln bringt jeder Wasser, so viel er tragen kann.

Kaum haben sie die Feuerfront erreicht, richtet sich King Kofi auf. Diesmal gibt er das Kommando. Wozu ist er König?

„Alle hören auf *f*Seine Maje*f*stät!“, brüllt er. „Auf*f*stellen! Und LO*f*S!“

Das Feuer duckt sich unter der Wasserwucht. Es faucht und qualmt. Und statt himmelhoch aufzuragen, kriecht es nur noch züngelnd am Boden wie eine halb tote Schlange.

„Wir schaffen es!", johlt Tafiti. „Kommt alle noch mal mit!"

Sie drängen sich ums Wasserloch. Viel ist da nicht mehr. Aber es ist doch genug, um dem Feuer den Rest zu geben. Und wo es dann immer noch glimmt und glüht, trampeln Fred und seine Freunde es einfach aus. Und das mit Rhythmus, bei dem jeder mitmuss. Der Rest geht in Jubel unter.

Onkel ~~King~~ Kofi

Am Abend schlummern alle Weberküken selig in ihren Nestern. Und um die Erdmännchenhöhle tobt ein ausgelassenes Fest.

Omama hat in Rekordzeit unzählige Kuchen gebacken. Die Elefanten sorgen für Blasmusik. Es wird gegessen, gelacht und getanzt. Und alle sind so außer sich, dass keiner bemerkt, wie oben am Himmel dichte Wolken aufziehen.

Außer Omama vielleicht, denn ihre Schwanzspitze juckt wie verrückt. Und da passiert es: Ein erster dicker, schwerer Tropfen klatscht auf die staubtrockene Savannenerde. Es folgt ein zweiter, ein dritter, und dann pladdert es los.

„JUHU!“, jubeln Tafiti und Pinsel.

Und nicht nur sie. Denn wer denkt, das Fest fällt ins Wasser, der irrt: Selbst die, die beim Tanzen zuvor ein wenig schüchtern waren, drehen und wiegen sich jauchzend im Regen.

Es ist wie ein Zauber. Bereits am nächsten Morgen schimmert auf der schwarz verbrannten Erde erstes Grün. Und nach wenigen Tagen blüht und grünt es überall. Da ist keiner mehr zu halten.

„Es war wunderbar bei euch“, trompetet die alte Matemba. „Aber die Weite lockt und jetzt gibt es auch wieder genug Gras und Blätter überall.“

Sie trötet ein letztes Mal und ihr Trupp setzt sich in Bewegung. Nach und nach machen sich auch die Zebras, Strauße und Antilopen auf den Weg. Und selbst die anderen wollen los, um sich ein neues Zuhause zu suchen.

King Kofi macht sich ebenfalls auf. Er hat tatsächlich Wort gehalten und sich in den letzten Tagen ausschließlich von Kuchen ernährt. (Was ihm nicht wirklich schwergefallen ist.) Aber nun kann das wieder anders werden. Das fürchtet auch Mama Zorilla.

„Untersteh dich, uns irgendwo aufzulauern, du Fresssack“, droht sie.

King Kofi zuckt zusammen. Trotz des Regens hat er immer noch Zorilladuft in der Nase.

„Der frisst uns nicht“, beruhigt Zoro seine Mama. „Das hat Onkel Kofi uns versprochen!“

„Onkel Kofi?“ Tafiti glaubt, sich verhört zu haben.

„Für dich gefälligfst King Kofi, fSeine hochwohlgeborene Löwenmajefstät!“, faucht der.

„Aber für uns Onkel Kofi!“, flötet Zorillina.

„Ja, nicht wahr, Onkel Kofi?“ Warzan strahlt.

„Onkel Kofi, Onkel Kofi“, krakeelen die Kleinen im Chor.

„Ja doch“, zischt King Kofi ihnen zu. „Und jetfzt: Pfsssst! Haltet endlich eure fSchnäufzchen!“

„Tschüss, Onkel Kofi!“, ruft Tafiti.

„Wie war da*f*s?“ King Kofi schaut ihn scharf an.

„Tschüss und komm gut nach Hause“, sagt Pinsel. „Onkel Kofi!“

„*f*Seine Maje*f*stät King Kofi“, knurrt der Löwenkönig mit roten Ohren. Die bei seinem Kurzhaarschnitt richtig gut zur Geltung kommen.

„Ja, natürlich doch: Seine Majestät *Onkel* King Kofi“, wiederholt Tafiti und grinst.

Majestät Onkel King Kofi grinst kein bisschen. Grimmig schreitet er von dannen, ohne sich ein einziges Mal umzudrehen.

Julia Boehme wurde 1966 in Bremen geboren. Sie studierte Literatur- und Musikwissenschaft und arbeitete danach als Redakteurin beim Kinderfernsehen. Eines Tages fiel ihr ein, dass sie als Kind unbedingt Schriftstellerin werden wollte. Wie konnte sie das bloß vergessen? Auf der Stelle beschloss sie, jetzt nur noch zu schreiben. Seitdem denkt sie sich ein Kinderbuch nach dem anderen aus.

Julia Ginsbach wurde 1967 in Darmstadt geboren. Nach ihrer Schulzeit studierte sie Musik, Kunst und Germanistik. Heute arbeitet sie als freie Illustratorin und lebt mit ihrer Familie und vielen Tieren auf einem alten Pfarrhof in Norddeutschland.

Lexikon der Tiere

Affen
Chamäleon
Elefanten
Erdferkel
Erdmännchen
Frosch
Gabelracke
Giraffe
Honigdachs
Krebse
Kuhreiher
Löffelreiher
Löwe
Loris
Mäuse
Nashorn
Oryx-Antilopen
Pelikane
Pinselohrschwein
Schildkröten
Schmetterlinge
Strauße
Warzenschweine
Webervögel
Zebras
Zorillas